小白楊出版社有限公司 / 策劃

蔡嘉亮 / 著　劉集民 / 編輯成員

秦漢成語

有故事

新雅文化事業有限公司

www.sunya.com.hk

編者的話

學習語文與歷史：相得益彰

「四字成語」，是構成中國語文的重要成分，言簡意賅，四字成章。熟悉成語，日常說話，書寫作文，隨手拈來，可抵千言萬語，而且含意深遠，蘊味無窮。

中國成語的構成有多方面的內容，出於中國歷史故事的尤多。學生多認識些成語，不僅可提高中文的水平，兼且可熟悉多些中國的歷史，一舉兩得，相得益彰。

「成語有故事叢書」，乃精選由先秦到魏晉南北朝時期，最為豐富多采的歷史故事成語組成四冊，以供學生閱讀學習。

　　所選成語都是些感人而富教育意義、啟牖心智，而且活學活用，以提升學生語文水平的。至於作適當的注釋，配上圖片，附上同義、相反詞及示範句子，旨在學生能對該成語有透澈的認識並增加學習興趣。

歷史學家　陳萬雄

❋ 目 錄 ❋

圖窮匕現

戰國末年，秦國勢力強勁，欲侵佔六國，統一天下。燕太子丹看着韓、魏、趙、楚相繼滅亡，燕國亦危在旦夕，於是派出劍客荊軻刺殺秦王嬴政。

為了能得到秦王的接見，太子丹準備了兩樣秦王渴望得到的東西，一是逃到燕國的秦國叛將樊於（wū，粵音：污）期的頭顱，一是割讓給秦國的燕國督亢區地圖。太子丹還

派了秦舞陽跟隨荊軻往秦國。

　　公元前 227 年，兩人來到秦國。
秦王隆而重之地在王宮內接見兩人。
荊軻捧着裝有樊於期頭顱的匣子走在前
面，秦舞陽則捧着藏了匕首的地圖捲軸
跟在後面。兩人踏進大殿，秦舞陽竟被
大殿的威嚴嚇得雙手發抖。雖然荊軻鎮定
自若地解釋：「小伙子從未見過大王的威
嚴，免不了有點害怕。」但秦王始終心生
疑竇，便命令荊軻：「叫他退下，你給我
拿過來。」

荆軻只好接過秦舞陽手中的地圖，踏上台階，送到秦王跟前。荆軻一邊翻開地圖，給秦王解釋。當地圖翻至盡頭，匕首露了出來，荆軻立即一手抓住秦王的衣袖，一手抽出匕首便向秦王刺去。秦王大驚，使勁地拉斷袖子轉頭逃走，並準備拔劍反抗。可是因為受到驚嚇，一時間未能把劍拔出，秦王只好繞着殿上的大柱跑，荆軻則在後追逐。

　　一時間，眾大臣亦手足無措。突然，一個伺候秦王的醫生將藥袋擲向荆軻。趁這空檔，秦王拔出長劍，一劍砍斷荆軻的腿。荆軻站立不住，便將匕首擲向秦王。可惜沒有擲中。秦王回過頭來，再砍了荆軻幾劍。秦王的衛士也趕上來把荆軻活活殺死。

　　秦王惱羞成怒，誓要消滅燕國。五年後，燕國被滅。

釋義	圖窮匕現——匕，是短刀。指荊軻刺殺秦王，將匕首藏在地圖內。地圖打開至盡頭時現出匕首。後來用作比喻事情發展至最後時形跡敗露，現出真相。
例句	他的陰謀終於圖窮匕現，被我們識破。
故事出處	《史記・刺客列傳》
近義詞	東窗事發、原形畢露
反義詞	撲朔迷離

孺子可教

公元前 221 年，隨着齊國滅亡，秦王政統一六國，自稱始皇帝。當時，流落民間的一個韓國貴族收買了一個大力士行刺秦始皇，事敗後逃往下邳隱姓埋名，改名張良。

有一天，張良在下邳附近的圯水橋散步，在橋上遇

到一個老人家。那老人突然把一隻鞋拋到橋下，然後對張良說：「小伙子，幫我拾回那隻鞋。」

張良看到那人年紀老邁，便如命把鞋撿回來。只見老頭伸出腳來，說道：「給我穿上。」張良心想：「反正已為他撿鞋，別計較了！」便蹲下來為老頭穿鞋。老頭穿鞋後笑着離去。

老人家走了約一里路，折回來對張良說：「孺子可教！你五日後天亮時到這裏見我。」張良覺得有點不可思議，便答應下來。

五日後，張良如期赴約，老頭卻已在橋上，生氣地說：「跟老人家有約也遲到，你五日後早一點再來。」老頭轉

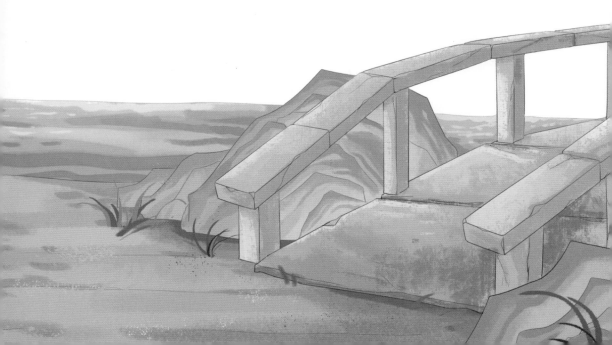

身便走。五天後，雞剛啼叫，張良就出門赴約，不料老人還是比他早到。老人說：「又遲到，五天後再早點來。」又過五天，剛過半夜，張良就摸黑來到橋上。過了一會，老人出現了，高興地說：「這樣才對。」說着說着，老人把一本書交給張良，說道：「你讀好這本書，就可以當帝王的老師。十年後定有大成就。十三年後，你來濟北見我，谷城山下那塊黃石就是我了。」老人沒有再說話便離去。

張良看一看，原來是《太公兵法》[①]，覺得這本書非比尋常，便用功學習。十年後，陳勝等起兵反秦，張良跟隨劉邦起義，他常引用《太公兵法》給劉邦獻計。再三年，張良跟隨劉邦路過濟北，果然在谷城山下見到一塊黃石，張良帶回家中當作瑰寶般供奉。

注釋
① 《太公兵法》：周武王與姜子牙討論治國、
治軍和戰爭的論述

12

釋義	孺子可教——孺子，指小孩子。形容小孩子是可以教誨的。後形容年輕人有出息，可以造就。
例句	這孩子八歲已彈得一手好琴，真是孺子可教。
故事出處	《史記·留侯世家》
近義詞	可造之才
反義詞	朽木難雕

焚書坑儒

秦始皇統一天下後，為鞏固皇權，沒有分封諸侯，卻推行郡縣制[①]，規定所有官員都由他直接任命。

公元前 213 年，始皇在咸陽宮設宴招待群臣。大約七十個在學術思想上有成就的博士也參加了這次宴會。宴會上，博士周

注釋

① 郡縣制：中國古代實行的中央集權體制下的地方行政制度，目的是加強中央管治的威權。秦代將國家分為 36 個郡，下設縣。所有郡縣的地方官員，均由中央任命。

青臣舉杯頌揚秦始皇的武威聖德，並讚揚始
皇推行郡縣制。始皇聽得開心極了，連聲
說道：「說得好，說得好。」

　　另一個博士淳于越卻對始皇
說：「陛下，我聽說商周兩代都
分封子弟功臣做諸侯，讓他們輔助王
室，國運長逾一千年，可見分封制度
本來就很好。」秦始皇看一眼這
個批評他的博士，他不動聲
色，叫大家討論分封制好
抑或郡縣制好。丞相李

斯駁斥淳于越迁腐，建議始皇禁止百姓批評政治，並提出焚書。始皇採納李斯的建議，下令除醫藥、占卜和農耕類的書外，三十日內燒掉所有不是秦國史官所記的歷史書，民間收藏的《詩經》、《尚書》和諸子百家的書籍亦在焚毀之列。焚書令不僅令民間的讀書人反感，朝廷裏享受着高官厚祿的博士們亦暗地裏議論紛紛，有些還逃走了。始皇大為生氣，決定狠狠懲治他們。

第二年，為始皇訪尋不死藥的方士侯生和盧生等人，自知不可能完成任務，不但逃之夭夭，還到處散播消息，說始皇殘酷暴戾，剛愎自用等等。始皇大怒，下令撤查，並親自圈定了四百六十餘人，把他們活埋了。

秦始皇焚書坑儒、嚴刑峻法，連串暴政令民怨四起，為日後農民和六國殘餘勢力起義抗秦埋下伏筆。

<table>
<tr><td>釋義</td><td>焚書坑儒——指的是秦始皇焚毀詩書經典，並坑殺儒生。</td></tr>
<tr><td>例句</td><td>秦始皇統一中國後，為鞏固政權，曾焚書坑儒和建造萬里長城 。</td></tr>
<tr><td>故事出處</td><td>《史記‧秦始皇本紀》</td></tr>
<tr><td>近義詞</td><td>焚典坑儒</td></tr>
</table>

先發制人

公元前 210 年，秦始皇駕崩，幼子胡亥繼位為秦二世。徭役和兵役更為嚴苛，百姓生活在惶恐中。翌年，陳勝、吳廣起義抗秦，百姓群起響應。會稽代理郡守殷通亦準備抗秦。他向來敬重項梁，於是請項梁過府商議。

殷通對項梁說：「看來老

天爺要消滅秦國了。我聽人說過，只有先發制人，才能取得主導，制服他人；出手慢了，就處於被動，容易受人控制。我想派你和桓楚為將軍，領軍抗秦。」

項梁心想：「哪有我要聽命於你的道理。」當時桓楚剛因觸犯了秦國律令而逃走了，項梁便對殷通說：「我姪兒項羽知道桓楚的行蹤，不如叫他過來查問一下吧！」項梁便外出找來項羽。

項梁輕聲囑咐項羽：「你在門外等候，待殷通召你進內時伺機殺掉他。」項梁回到屋內後對殷通說：「我姪兒

已在門外待你吩咐。」殷通不虞有詐，便召喚項羽進來。只見項羽剛進大堂，項梁給他使了個眼色，項羽即手起劍落，斬下殷通的頭。項羽又殺傷近百個殷通的部下。府中各人都嚇得拜伏地上，不敢起來反抗。

項梁召集了在吳中時認識的豪強官吏，告訴他們要發動吳中的士兵反秦，成就大事。項梁派人接收吳中郡下屬各縣，共徵集得八千精兵，又分配吳中豪傑為校尉、侯、司馬。由項羽任裨將，率軍攻取所轄各縣。

項梁和項羽率軍加入反秦的行列，他們屢戰屢勝，兵力日盛，後來，項梁聽從范增之言，擁立楚懷王的孫兒熊心為王，仍稱楚懷王（楚後懷王），以懷王名義起兵抗秦。

釋義	先發制人——事先下手取得先機，才能制服對方。
例句	想不到比賽剛開始，對方就先發制人，殺我們一個措手不及。
故事出處	《史記‧項羽本紀》
近義詞	先聲奪人、先下手為強
反義詞	後發制人

一敗塗地

陳勝、吳廣起義，激發六國貴族也乘機起兵反秦外，飽受朝廷欺壓的百姓亦群起反抗，聚眾殺死地方官員。當時，沛縣縣令為求自保，也想率領百姓對抗朝廷。蕭何、曹參建議縣令召劉邦回來。縣令派樊噲去召回劉邦，可惜樊噲走後又開始擔心劉邦回來會對他不利。

劉邦和樊噲回到沛縣城外，縣令緊閉城門，不讓他們進城，還欲殺掉蕭何和曹參。兩人逃出城外與劉邦會合。劉邦用布帛寫了一封信射進城內。信裏說：「天下百姓飽受秦朝暴政之苦多年了，各地諸侯已經起義，若我們仍為縣令守着沛縣，義師到來便會屠殺我們。如果現在父老鄉親一起殺死縣令，挑選可擔重任的年輕人接任，並響應諸侯反秦，大家的家室便可以保存。」

　　於是縣中父老率領一眾子弟殺掉縣令，然後迎接劉邦進城，並想推舉劉邦為縣令。劉邦說：「當今亂世，諸

侯紛紛起事，如果現在推舉一個不恰當的將領，就會一敗塗地。我不是貪生怕死之徒，只是擔心自己不能勝任，難以保護父老兄弟。這是一件大事，希望大家推舉能勝任的人。」蕭何、曹參都是文官，都顧惜生命，害怕不能擔此大任，若失敗隨時惹來全縣殺身之禍，一再推讓給劉邦。父老也對劉邦說：「平素聽說劉邦有許多奇遇，必當顯貴，占卜的筮辭亦說沒有誰及得你吉利。」劉邦還是再三推辭，但始終沒有人敢當縣令，劉邦就接受推舉，當上沛縣的縣令，自稱沛公。

釋義	一敗塗地——徹底失敗，不可收拾。
例句	他一向行事謹慎，想不到今日竟一敗塗地。
故事出處	《史記‧高祖本紀》
近義詞	一蹶不振、落花流水
反義詞	所向披靡、旗開得勝

三戶亡秦

公元前 208 年，項梁和項羽率領江東八千子弟兵在會稽起兵反秦。從江東渡江西行，沿途收集起義軍，到了薛城時，項家軍已多達十餘萬。各路義軍首領如劉邦等亦雲集薛城，商議抗秦策略。

有一個已七十歲的老人家突然來訪。項梁問：「老人家，你來幹嗎？」范增答：「小的范增，希望在有生之年，可以為反秦盡一點力。」

項梁說：「范老，願聽聽你的意見。」

范增說道：「秦滅六國，楚國百姓對秦的仇恨最深。楚懷王被騙往秦國後，便一去不回。百姓現在仍懷念楚懷王，是以南公曾預言：『楚雖三戶，亡秦必楚。』即使楚國只餘下幾戶人家，也必能滅掉秦國。陳勝率先起義，可惜他沒有充分利用楚國反秦的力量，結果迅速敗亡。你們世代本來就是楚國將領，如果你們能擁立楚王的後裔，楚國從前的將領定會爭先恐後

的前來歸順，自可復興楚國。」

項梁接納范增的意見，派人四處訪尋楚王後裔，終於找到匿藏在民間替人牧羊的懷王孫兒熊心。他們擁立熊心為楚懷王，亦稱楚後懷王，定都盱眙（xū yí，粵音：虛而），以爭取民心。

同年九月，秦將章邯於定陶大敗楚軍，項梁兵敗喪命。後懷王遷都彭城，重整滅秦策略。並與諸將領約定先破秦國，入關中①者稱王。

注釋
① 關中：即長安（今陝西省西安市）

釋義	三戶亡秦——三戶，幾戶人家。本指楚國雖被秦國所滅，但匯合楚國遺民的力量，也能滅亡秦國。後形容雖然力量微小，但只要意志堅定，必能打敗強敵。
例句	抗日戰爭中，游擊隊雖然人丁單薄，但憑着勇於犧牲的精神，定能三戶亡秦，暗中殺退敵軍。
故事出處	《史記・項羽本紀》
近義詞	亡秦三戶

指鹿為馬

公元前 208 年，項梁在民間以楚後懷王之名，號召六國諸侯合力滅秦的同時，大秦宮廷裏，宦官趙高亦圖謀要當皇帝。

公元前 210 年，秦始皇出外巡遊，途至沙丘時病逝。趙高和丞相李斯隱瞞始皇死訊，偽造詔書，賜死始皇長子扶蘇，改立幼子胡亥為帝，稱秦二世。

趙高因擁立胡亥之功而獲封
為郎中令，還成為秦二世最親
近的權臣，但他不甘於屈居
李斯之下，於是設計害死
李斯，自己當上丞相。
不過趙高還未滿足，
他要自己當皇帝。
但想到朝臣未必
信服，他又擔心
起來，最後，

他想出一個測試朝臣的方法。

一天，趙高命人牽了一隻鹿來到大殿。他指着鹿說：「微臣誠意獻上這匹千里馬給陛下。」

秦二世看了又看，心想，這分明是一隻鹿，趙丞相卻指鹿為馬，便笑着對趙高說：「丞相你弄錯了，牠分明是鹿，怎會是馬呢？」

趙高沒有即時回答秦二世，轉頭問朝上文武百官：「你們說說，牠是鹿抑或是馬？」

大臣們害怕趙高權勢，有的低頭不敢回答；有些則為討好趙高，就附和着說：「丞相說得對，是馬。」有些不識好歹的大臣老實回答：「是鹿，不是馬。」聽着大臣們這麼一說，秦二世也給弄糊塗了。

釋義	指鹿為馬——原意是把鹿說成是馬。指故意顛倒黑白，混淆是非。
例句	他自恃是總經理的親信，開會時公然指鹿為馬，混淆視聽。
故事出處	《史記・始皇本紀》
近義詞	顛倒黑白
反義詞	循名責實、實是求是

破釜沉舟

　　公元前 208 年，項梁率楚軍擊秦，數勝之後，項梁開始輕敵。八月，秦將章邯於定陶大破楚軍，項梁戰死。後懷王從盱眙遷都彭城，重整抗秦策略：一路由宋義領軍，項羽、范增為副，北往救趙；一路由劉邦帶領西行攻取土地，進入關中。並承諾誰先入關中者稱王。

是時，章邯認為楚軍不足顧慮，於是與增援的王離二十萬大軍會合，攻打趙國，包圍鉅鹿，趙王向各國諸侯求援。楚後懷王命卿子冠軍宋義領兵救趙。然而宋義至安陽後卻按兵不動，項羽怒殺宋義，一時間威震楚國，名聞諸侯。

　　項羽隨即派當陽君英布、蒲將軍率領兩萬精兵，渡過漳河，救援鉅鹿。可是戰爭只取得小勝。項羽只好率領全部人馬橫渡漳河。當

時秦軍多達四十萬，而楚軍只有五萬，項羽決心一戰，在登岸後下令士兵鑿穿船隻沉進河底，砸爛做飯的鍋碗、炊具，又燒毀全部軍帳，隨身只帶着三日的乾糧。項羽跟眾士兵大呼：「眾將士，我們已無退路了，一定要與敵人決一死戰！」

楚軍士氣如虹，直衝鉅鹿。在項羽的帶領下，以一敵十，士兵殺聲震天。經過多次交戰後，截斷秦軍通道，大敗秦軍，秦將蘇角陣亡，王離被俘，涉間拒絕投降，自焚而死。

一直不敢出兵救援趙國的諸侯，嚇得膽顫心驚。項羽擊敗秦軍後召見諸侯將領，當他們進入軍營大門時，都屈膝跪着前行，沒有一個敢抬頭仰視。經此一役，項羽真正成了諸侯的上將軍，亦為項羽日後自立為西楚霸王奠定基礎。

釋義	破釜沉舟——打破鍋釜，鑿沉船隻，讓自己沒有退路。比喻下定決心，義無反顧。
例句	只要我們有破釜沉舟的決心，我們一定能登上峯頂的。
故事出處	《史記·項羽本紀》
近義詞	背水一戰、孤注一擲
反義詞	退避三舍、急流勇退

約法三章

公元前 207 年，正當項羽於鉅鹿大敗秦軍之際，劉邦大軍逐漸迫近咸陽。

在大秦宮中，趙高殺死胡亥，改立子嬰為秦王，其後子嬰殺了趙高，奪回大權。不久，劉邦率軍攻抵霸上，兵臨咸陽。子嬰眼見敗局已定，唯有出城投降。

劉邦把子嬰交給隨行的官吏看管，便繼續西進咸陽。

　　劉邦進入咸陽後，看到皇宮富麗堂皇，竟捨不得離去。樊噲和張良提醒劉邦：「沛公（即劉邦），大事為重啊！」劉邦才打消念頭。他下令封存宮中的貴重財寶和庫府，然後退回霸上。

　　劉邦召來關中各縣的父老和有才德名望的人，對他們說：「各位父老忍受秦朝嚴苛法令那麼多年，你們辛苦了。」

劉邦續說：「懷王曾與諸侯約定，誰先入關中，誰就在這裏稱王，既然我先到，我就應該稱王了。我現在與大家約法三章：殺人者處死，傷人者和搶劫者就依法治罪，秦國法規一律廢除。我絕不會傷害你們，請大家不要害怕。我退兵回霸上，只是想等各路諸侯到來，共同制定規章罷了。」

百姓散去後，劉邦隨即派人與秦國官吏一起巡視各縣鄉鎮，安撫百姓。關中百姓爭相拿着牛羊酒食慰勞士兵。劉邦都一一辭謝，說道：「我們有足夠糧食，大家不要破費了。」百姓們更加高興，唯恐劉邦不在關中做秦王。

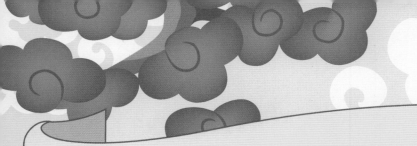

| 釋義 | 約法三章——原指約定三條法律。後來泛指約訂簡單的條款給各人遵守。 |

| 例句 | 為方便日後合作順利，我們先約法三章，以便共同遵守。 |

| 故事出處 | 《史記·高祖本紀》 |

| 近義詞 | 明文規定 |

| 反義詞 | 胡作非為、為所欲為 |

忠言逆耳

回說劉邦初入咸陽，被宮內的珍寶、美女吸引，一度想留在宮中，享受一下帝皇生活。幸得張良、樊噲直言敢諫⋯⋯

公元前207年，劉邦率軍攻抵霸上，兵臨咸陽，子嬰素車白馬出城投降。劉邦便帶領着眾將士浩浩蕩蕩地進入咸

陽。一行人抵達皇宮，眼前宮室、帳帷富麗堂皇，狗馬和貴重的寶物布滿宮廷，美女更是不計其數，劉邦一時間開心得不得了，興奮得想留在宮中居住，好好享受帝皇生活。身旁的樊噲提醒劉邦：「沛公請勿耽誤大事，還是在宮外居住較好。」可惜劉邦沒有聽從。

張良便對劉邦說：「秦王暴虐無道，沛公你才能夠來到這裏。你為天下百姓剷除秦王暴政，就應該繼續以清廉樸素為本。現在剛剛進入秦都便安於享樂的話，就變成

像是『幫助壞人做壞事』一樣。可知『忠言逆耳利於行，良藥苦口利於病』，忠誠的勸諫雖然不動聽，但有利於糾正錯誤，良藥雖然味苦但能治病。希望你能聽樊噲的勸告啊！」看着眼前珍寶美女，雖然不捨，但劉邦想到大事為重，只好命人封存宮內所有珍寶財物，與眾將士離開秦宮，回到霸上駐紮，等待項羽到來。

釋義	忠言逆耳──正直的規勸聽起來不順耳，不易被人接受。
例句	忠言逆耳，批評的話向來難以接受，但願意跟你講真心話的人，才是真心為你好的朋友。
故事出處	《史記‧留侯世家》
近義詞	良藥苦口
反義詞	花言巧語

項莊舞劍

公元前 207 年項羽在鉅鹿大敗秦軍後,便向關中進發。中途聞得劉邦已進佔關中,項羽大怒,決定除掉劉邦。

項羽的叔父項伯與張良相識多年,擔心張良危險,乘夜趕往劉邦軍中通風報信,並囑咐劉邦翌日親往鴻門[1]向項羽謝罪。

注釋
[1] 鴻門:位於今陝西省西安市

　　大清早，劉邦帶着張良、樊噲往鴻門解釋，項羽聽後作罷，還留下劉邦飲酒。酒過三巡，范增一再示意項羽盡快行動，但項羽未有理會。范增便出外吩咐項羽的堂弟項莊：「大王不忍下手，不若你進內向大王祝酒，然後奏請大王准你舞劍娛賓，趁機殺死劉邦。」項莊依計行事，可是項莊拔劍起舞時，項伯也起來與項莊共舞，還一再以身體掩護劉邦，項莊徒勞無功。

張良眼見情勢危急，藉故離席到營寨外找來樊噲。張良說道：「形勢危急，項莊舞劍，志在沛公，真正目的是想刺殺沛公。」樊噲說：「那真的很危險了！」便立刻氣沖沖的闖進軍門，怒瞪着項羽。項羽看到有人突然闖入，起身喝問：「來者是誰？」張良說：「他是為沛公駕馬車的樊噲。」項羽放下心來，賜酒賜肉給樊噲享用。項羽又對樊噲說：「還可以再喝酒嗎？」樊噲回應：「臣連死也不怕，一杯酒又有何足懼！」還借故道出沛公沒有動過宮內絲毫財富，便封鎖宮殿，退軍到霸上，一心等待項羽來臨。項羽卻聽信讒言，想誅殺有功的人，實在令人難以信服。

項羽一時間無言以對。坐了一會，劉邦借故叫樊噲出去如廁，即乘機逃回軍中。

范增眼見項羽白白錯失殺掉劉邦的大好機會，氣憤得拔劍斬破玉斗，並斷言劉邦將奪取項羽的天下。

釋義	項莊舞劍——項莊假稱舞劍助興，實際上伺機刺殺劉邦。比喻利用某種藉口掩飾真正企圖。
例句	比賽對手每天都來練習場探望我們，他們是項莊舞劍，志在沛公啊，是在打探我們的實力。
故事出處	《史記・項羽本紀》

暗度陳倉

公元前 206 年，項羽滅秦後自封為西楚霸王，統治梁、楚地區的九個郡，定都彭城。他分封十八路諸侯，其中劉邦為漢王，統領巴、蜀、漢中地區，定都南鄭；關中則一分為三，分封予秦國三名降將：章邯、司馬欣和董翳（史稱三秦）。部分諸侯因不滿分封而互相攻伐。

劉邦自知無力反抗項羽，唯有前往封國。劉邦聽從張良的獻計，往巴蜀途中，一路上軍隊將走過的棧道^①全部燒毀，以防諸侯或強盜襲擊外，亦藉此表示自己無意離開漢中，減輕項羽對他的猜疑。

　　軍隊西行途中，已有部分來自太行山以東的將領和士卒因掛念家鄉而逃去，跟隨劉邦到南鄭的也唱着老家的歌曲，以解思鄉之愁。韓信勸劉邦說：「項羽將大王封到南鄭，派給你的將領士卒都是太行山以東地區的人，他們

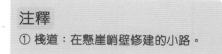

注釋
① 棧道：在懸崖峭壁修建的小路。

日夜盼望回鄉，能夠利用他們渴望回鄉的熾熱心情，就能建立偉大功業。若天下安定以後，人人樂享太平，你就再難有這大好時機了。不如現在就把握他們仍掛念故鄉的機會，重返東方，爭奪天下。」

劉邦依照韓信的計策，對外宣稱修復本來被燒毀的棧道，與劉邦相鄰的雍王章邯以為修復棧道的工程艱巨，不是一時三刻就可以完成，也就不以為意。卻原來漢軍已暗中從小路進入陳倉②，襲擊章邯。章邯毫無防備，最後劉邦平定雍地，繼續向東進軍咸陽。昔日秦國降將塞王司馬欣、翟王董翳亦相繼戰敗，投降劉邦。漢軍瓦解三秦，佔領關中。

楚漢之爭，正式掀開戰幔。

注釋
②陳倉：古地名，今陝西省寶雞市

| 釋義 | 暗度陳倉——以不相干的行動吸引對方的注意力，暗地裏採取其他行動達成目的。比喻暗中行動。 |

| 例句 | 他表面上仍然與對方討價還價，迷惑其他商家，實則暗度陳倉，早與客戶談妥合約。 |

| 故事出處 | 《史記·高祖本紀》 |

| 近義詞 | 聲東擊西 |

| 反義詞 | 明目張膽 |

美如冠玉

漢王劉邦平定三秦後，繼續向東進發。項羽將領陳平前來投靠。陳平很快便得到劉邦重用，因此惹來妒忌。

周勃、灌嬰等人在劉邦面前詆毀陳平。他們說：「陳平外貌雖然俊美，也不過是像帽子上的美玉罷了。骨子裏未必是有實力的人。聽說陳平早年全靠兄長資助學習，卻曾私通嫂嫂；跟隨魏王時有人說他壞話，投奔項羽又不獲信任，才歸附大王。我們還聽

說陳平貪污受賄，多給他錢的將領就會得到好差事，否則，只能做爛差事。希望大王明察。」

劉邦召來向他推薦陳平的魏無知問個究竟。魏無知答道：「我所說的是才能，大王問的是品德。現在楚漢相爭，我推薦人才時，只關注那人的計策是否對國家有用。至於他的品格，有什麼值得查究呢？」

於是劉邦召來陳平斥責：「你替魏王做事後，又幫助項羽，轉過頭來，又來我這裏，三心兩意，你算得上是個有信義的人嗎？」陳平解釋：「我侍奉魏王，魏王不採納我的計謀，我就改投項王。項王疑心重，只信任自己的家人和妻舅，我才離開項羽。聽說漢王善用人才，我才歸順大王。」劉邦又說：「有人說你貪財，有這回事嗎？」陳平答道：「我來時身無分文，沒有錢財便難以辦事。如果大王覺得我的計謀有用，就請你採用；若不值得採納，我收集回來的錢財分文未動，就請大王批准我封存好送回官府，並請你讓我離去好了。」

聽過陳平的解釋，劉邦立即道歉，還重重賞賜，任命他為護軍中尉，負責監督所有將領，自此，再也沒有人敢說陳平的壞話了。

釋義	美如冠玉——冠,帽子。貌美得像帽上的玉飾一樣。原比喻只是外表好看,後形容男子長相漂亮。
例句	陳先生外貌美如冠玉,他太太氣質優雅,真是一對璧人。
故事出處	《史記・陳丞相世家》
近義詞	風流倜儻
反義詞	面目猙獰

智者千慮，
必有一失

公元前204年，劉邦派韓信和張耳攻打趙國，韓信欲經井陘口進攻趙國。趙國謀臣廣武君李左車向主帥成安君陳餘建議，將漢軍圍困於井陘口，然後兵分兩路，前後包抄。前隊在正

面抵禦，但不正面交鋒，另一路繞到敵後，截斷漢軍糧道，令敵人沒有糧草而敗。陳餘以韓信兵少且疲，不足為慮，沒有採納李左車的建議。結果趙軍大敗，陳餘被殺。

　　漢軍俘擄了李左車並帶到韓信軍營，韓信立即上前為李左車解開繩索，請李左車上坐，並請教李左車攻打燕國和齊國的策略。李左車最初以自己是敗軍之將而婉拒，但韓信一再虛心討教，李左車終被打動，便說道：「我聽說，智者千慮，必有一失；愚者千慮，必有一得。『狂人的瘋言瘋語，聖賢之士都可以從中挑選到有用的意見』。

我的計謀不一定值得採用，但仍希望獻上一點愚見。」

李左車接着指出，韓信橫渡西河以來，已俘擄了魏王、擒獲夏說（yuè，粵音：月），擊敗趙國，赫赫功績，威震天下，然而連年征戰，士兵百姓都勞累不堪，實不應急於強攻燕、齊兩國。現在應先鎮守趙國，日日以好酒美食犒賞將士，以展示自己的強勢，再遊說燕、齊兩國歸降。若燕、齊投降，天下事就好辦多了。李左車強調：「用兵之道，本來就要先虛張聲勢，才付諸行動。」韓信聽後大聲喝采，然後依計而行，燕國果真立即投降。

釋義	智者千慮，必有一失——智者，有智慧的人。聰明的人對問題雖然深思熟慮，不過偶爾也會有錯失。
例句	所謂智者千慮，必有一失，即使最周詳的計劃，也難免有缺漏。
故事出處	《史記‧淮陰侯列傳》
近義詞	智者千慮，或有一失
反義詞	愚者千慮，必有一得

民以食為天

正當韓信攻陷趙國，東進攻打齊國之際，在滎（xíng，粵音：形）陽^①的劉邦卻被項羽強攻猛打，逐漸招架不住，因此打算將成皋以東讓給項羽，自己退守到鞏、洛。酈食其得悉後立即前來勸止，提醒劉邦滎陽的敖山上有一小城，城內貯

注釋

① 滎陽：今河南省鄭州市下轄的一個縣級市

存着大量糧食，是國家重要的糧倉，千萬不要棄守。

　　酈食其說：「我聽說能知道天之所以為天的人能成就統一大業；不知道天之所以為天的人難成大事。王者視百姓為天，而民以食為天，百姓最重視的是吃得飽穿得暖。敖山多年來都是國家的糧倉，貯存了大量糧食。楚軍佔據滎陽時，不懂得堅守敖山這個糧倉，而是帶兵向東而去，只派一些曾犯事的人把守成皋，這是上天要把糧食送給漢軍。當前楚軍已是強弩之末，很容易被擊敗，我們卻退兵

棄守，把得到手的利益丟棄，這樣做是大錯特錯啊！何況一山難藏二虎，楚漢兩國爭持多年，百姓已惶恐不安，國家動盪，農夫停止耕作，婦女不再織布，觀望戰事。百姓支持楚王抑或漢王仍未有決定。你應盡快再次進軍，收復榮陽，奪取敖山，把守成皋險要，堵住太行這交通要道，緊守着蜚狐關口和白馬津渡，讓諸侯看看目前的實際形勢，天下百姓就知道該歸向那一方。」

劉邦覺得酈食其言之有理，決定堅守敖山，終於奪回榮陽，取得勝利。

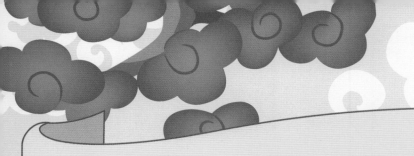

| 釋義 | 民以食為天——原意是人民以食為生存的基本。形容糧食是人民賴以生存的最重要的東西。 |

| 例句 | 民以食為天，吃飯的問題不能解決，人民就會憂慮恐懼。 |

| 故事出處 | 《史記‧酈生陸賈列傳》 |

| 近義詞 | 民以食為本 |

金石之交

楚、漢兩軍在滎陽對峙，漢軍處於劣勢，不過韓信傳來捷報，已殺掉項羽愛將龍且外，還攻陷了齊國。項羽聞得這消息，大為不安，於是派武涉當說客，遊說韓信倒戈。

武涉對韓信說：「為什麼你不離開漢王，歸附楚王呢？

漢王並非可信的人，現在你雖然自覺與漢王是金石之交，關係牢不可破，那只不過是因為項王還在。一旦項王被消滅，就輪到收拾你了。你何不聯合楚國，實行三分天下而稱王呢？你現在放棄這大好機會，堅持投靠漢王攻擊楚國，難道你的聰明才智就僅僅如此？」

韓信辭謝說：「我曾侍奉項王多年，官不過是個郎中，職位不過是一個衛士，我說的話沒有人聽，意見沒有人採納。我投奔漢王，漢王就授予我上將軍的印信，讓我統領數萬人馬，他脫下自己的衣服給

我穿，把自己的食物分給我吃，他聽我的意見，採納我的計策，我才有今時今日的地位。人家以真誠待我，如果我還背叛人家，是不會有好結果的。煩請你代我多謝項王，請原諒我不能接受他的好意。」武涉眼見遊說失敗，唯有回楚國覆命。

武涉走後，齊國謀士蒯通也深明天下誰勝誰負的關鍵在於韓信，於是同樣以天下三分，鼎足而王的觀點遊說韓信，但韓信始終拒絕，又自信功勞很大，劉邦不會奪取他的齊國，便沒有理會蒯通的話。

不料兩年後，劉邦稱帝，天下大定，開始消滅異姓諸侯，韓信亦不能倖免。當年推薦他給劉邦的蕭何更與呂后合謀斬殺韓信，滅他三族。韓信臨死前，後悔當日沒有聽蒯通的話。

釋義	金石之交——比喻像金石一樣堅固的友情。
例句	我們從小認識，幾十年來幾乎每個月都聚會，是無所不談的金石之交。
故事出處	《漢書・韓彭英盧吳傳》
近義詞	生死之交
反義詞	一面之交

一決雌雄

楚漢相爭相持幾年，未分勝負，長期作戰令士兵疲於奔命，開始厭戰。

兩軍在廣武①對峙，項羽向劉邦挑戰，他說：「這好幾年天下紛亂，都只不過是你我二人相爭，不若你和我單獨決鬥，比個高下，

注釋
① 廣武：位於今河南鄭州古滎陽附近的廣武山上

一決雌雄，不要讓天下百姓繼續受苦了。」劉邦拒絕，並歷數項羽犯下十宗罪：

「當日懷王約定，誰先平定關中，誰就稱王，但項羽背棄盟約，是第一宗罪；假傳懷王之令，殺掉卿子冠軍宋義，提升自己為上將軍，是第二宗罪；為趙國解圍後，本應回朝述職，卻擅自強迫諸侯領軍入關，是第三宗罪；懷王約定入關中後，不得施暴擄掠，你卻焚宮室，掘皇墳，將財富據為己有，是第四宗罪；強行殺掉已投降的秦王子嬰，是第五宗罪；活埋二十萬秦軍，卻封他們的將領為王，是第六宗罪；安插親信封王，卻驅逐原有的諸侯，令他們的臣下為爭王位而造反，是第七宗罪；將懷王驅逐出彭城，

自己定都彭城，強奪韓、梁、楚國土，是第八宗罪；派人暗殺懷王，是第九宗罪。身為人臣卻追殺君主，誅殺已投降的人，處事不公，背棄盟約，這樣大逆不道，是你的第十宗罪。我帶領正義之師與諸侯聯手，剷除你這個殘酷逆賊，只需派犯過罪服過刑的人就可以擊殺你，何用與你單打獨鬥！」

項羽聽後怒不可遏，命預先埋伏的弓箭手射傷劉邦。劉邦傷勢嚴重，便趕返成皋療傷養病，待傷癒後再與項羽決戰。

釋義	一決雌雄——即決定勝負的意思。比喻互相較量，決定勝敗。
例句	我們就來一場拳賽，一決雌雄。
故事出處	《史記·項羽本紀》、《史記·高祖本紀》
近義詞	決一死戰
反義詞	和睦共處

楚河漢界

　　楚漢相爭持續數年，兩軍繼續在滎陽對峙，不過楚軍逐漸失勢，漢軍卻勢力日盛。

　　公元前 203 年，項羽聽說韓信已打敗齊、趙兩軍，並正準備進攻楚軍，於是派龍且迎擊，可惜楚軍大敗，龍且被殺。同時，

彭越也截斷了楚軍運送糧食的通道，項羽大為震驚，決定親自率軍迎擊彭越。他派大司馬曹咎等留守成皋，出發前，項羽一再叮囑曹咎等人千萬不要與漢軍交戰。

項羽去後，漢軍果然到楚軍營前叫囂，曹咎初期都沒有理會，但漢軍一再辱罵楚軍，曹咎不甘受辱，率兵渡過汜水攻擊漢軍。不料船至河中時卻遭漢軍突襲。曹咎後悔沒有聽從項羽的囑咐，自覺無顏面再見項羽，遂自殺身亡。

項羽得悉成皋失守，急忙率軍回來救援。當時漢軍正在滎陽東面圍攻鍾離眛，項羽一到，漢軍擔心不敵項羽，急急撤退到險阻地帶。

　　這時，漢軍兵多糧足，相反，楚軍則兵疲糧盡。劉邦先派出陸賈和侯公當說客，項羽聽從兩人的勸告，答應與漢軍議和，並釋放之前擄獲的劉邦父母和妻子，雙方約定平分天下，以鴻溝為界（鴻溝之約），東邊歸楚，西邊歸漢。

　　劉邦準備西歸，此時張良和陳平勸劉邦應乘勝追擊，趁楚軍疲憊，消滅楚國。劉邦同意他們的話，遂回軍追擊楚軍。

釋義	楚河漢界——楚漢相爭時，兩國以鴻溝為界。比喻敵對雙方畫定分界線。
例句	在中國象棋裏，象、相擔負着保家衞國的重責，不能越過楚河漢界。
故事出處	《史記・項羽本紀》
近義詞	涇渭分明

養虎遺患

公元前 203 年，劉邦和項羽議和，以鴻溝為界，東邊屬楚，西邊屬漢。盟約既定，項羽就帶兵回到東方。

劉邦亦準備撤兵西返，這時張良和陳平勸劉邦說：「我們已擁有大半天下，諸侯亦歸附漢國。楚軍已疲憊盡露，這正是滅楚的大好時機，如果現在放走楚軍，

恐怕養虎遺患啊！」

　　劉邦聽從他們意見，回師追擊項羽。漢軍到了陽夏南邊後，劉邦與彭越、韓信約定會合日期，夾擊楚軍。可是漢軍到達固陵時，彭越和韓信卻沒有依約而來，楚軍大敗漢軍，劉邦逃返營壘。劉邦問張良：「諸侯失約，怎麼辦？」張良回答：「楚軍已是強弩之末，韓信和彭越還沒有獲得分封土地，失約是很正常的事。大王如果能和他們平分天下，他們定會立刻前來會合。大王把從陳縣以東到海濱一帶的土地給韓信，把睢陽以北到谷城的土地給彭

越，使他們覺得是為自己而戰，楚軍就容易打敗了。」

劉邦雖然不願，但仍採納張良的建議，承諾打敗楚軍後，分封土地給韓信和彭越。兩人聽後大喜，都回話說：「我們今天就帶兵出發。」果然韓信從齊地出發，劉賈率兵從壽春同時進兵，到達了垓下①。此時，楚國大司馬周殷背叛項羽，從舒城起兵大肆屠殺了六地，發動九江王國的軍隊，跟隨劉賈和彭越於垓下會師，將項羽重重包圍於垓下。

注釋
① 垓下：古地名，今安徽省宿州市靈璧縣，另一說在安徽省蚌埠市。

釋義	養虎遺患——飼養老虎，最後為自己帶來災禍。比喻不除去仇敵，將給自己留下後患。
例句	明知他虧空公款，你不但沒有懲罰他，還讓他繼續在財務部工作，與養虎遺患無異。
故事出處	《史記·項羽本紀》
近義詞	放虎歸山
反義詞	斬草除根

四面楚歌

公元前 202 年，劉邦聽從張良的建議，與韓信和彭越約定，待打敗楚軍後，分封土地予兩人。兩人大喜，如約發兵至垓下，會合劉邦，與項羽作殊死一戰。

楚國兵馬被追到垓下，漢軍

和諸侯軍將楚軍重重圍住，項羽修築營壘抵禦，負隅頑抗，楚軍已兵盡糧絕。在一個漆黑寂靜的夜晚，項羽忽然聽到四方八面都傳來楚地的民歌。他不禁問身旁的侍衛：「漢軍已佔領楚國了嗎？怎麼會四面八方都是楚國的民歌呢？有那麼多楚國人嗎？」侍衛們默默低頭，不敢作聲。

　　項羽便起來在帳中飲酒。這時，一直陪在他身邊的美

人虞姬亦起來陪伴着他。他看着虞姬，又想到他經常騎着四處征戰的烏騅馬，不禁慷慨悲歌：「力拔山兮氣蓋世，時不利兮騅不逝。騅不逝兮可奈何，虞兮虞兮奈若何！」項羽唱了好幾遍。虞姬亦作詩附和，項羽悲從中來，也不禁流下一行行熱淚。左右侍從也跟着哭起來，沒有人敢抬頭仰視項羽。

項羽看到此情此景，眼見大勢已去，想到沒有顏面再見江東父老，就握着寶劍，跳上烏騅馬，衝出重圍。漢軍從後追殺。追至烏江，楚軍只餘下百餘人。烏江亭長看見項羽，勸項羽回到江東，待日後東山再起，並願意助項羽渡江，但項羽已心灰意冷，亦覺無顏面回去見江東父老，便將烏騅馬送給亭長，帶着部隊與漢軍作垂死之戰，楚軍終告不敵，項羽在烏江自刎。楚國滅亡。

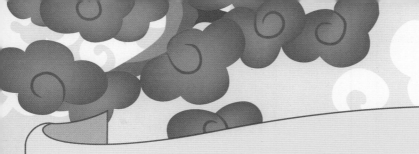

釋義	四面楚歌——這裏指四面八方都響起楚地山歌。後比喻四面受敵，孤立無援。
例句	一子錯，滿盤皆落索。因為一個步驟的錯失，我們正面臨四面楚歌的困境。
故事出處	《史記‧項羽本紀》
近義詞	四面受敵、腹北受敵
反義詞	歌舞昇平、左右逢源

運籌帷幄

公元前 202 年，項羽戰敗，在烏江自刎，劉邦稱帝，建立漢朝。

有一日，高祖劉邦在洛陽南宮設宴招待文武百官，各人酒酣耳熱之際，高祖突然問大家：「各位卿家，你們千萬不要瞞我，一定要說真心話。我之所以

能得天下，是什麼原因呢？又是什麼原因令項羽失去天下呢？」高起和王陵答道：「陛下雖然性格傲慢，又喜歡侮辱人，項羽則仁厚而且愛護別人，但是陛下派軍攻城掠地後，會將取得的土地分封給其他人，與天下人同享利益。項羽則心胸狹窄，性格多疑，他只會陷害有功的人，懷疑有才能的人，打了勝仗又不論功行賞，又不會將奪得的土地與他人分享，這就是他失敗的原因。」

高祖笑一笑，回應道：「那麼你們就只知其一不知其二了。若說能夠運籌帷幄，在幕後制定戰略，指揮作戰，我不及子房（張良）。能夠鎮守國家，安撫百姓，供給充足糧餉，能夠在後方將糧餉暢通無阻地準時送到前方，讓前方軍隊安心作戰，我不及蕭何。至於統領百萬大軍，戰無不勝，攻無不克，我比不上韓信。他們三人都是人中俊傑，而我能任用他們，才是我取得天下的原因。項羽本來有范增可以幫他，可惜他又因猜疑而沒有好好任用范增，這才是他被我擒殺的原因啊！」

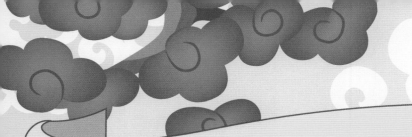

釋義	運籌帷幄——在帳幕中謀劃、擬定作戰策略。
例句	強敵當前，只見他運籌帷幄，指揮若定，很有大將之風。
故事出處	《漢書·高帝紀》
近義詞	運籌決策、廟算無遺
反義詞	一籌莫展

論功行封

　　歷時五年的楚漢之爭，隨着楚霸王烏江自刎徐徐落幕，劉邦建立漢朝，天下恢復安定。劉邦欲論功行封，然而朝中的大臣都覺得自己功勞最大，爭論不休，因此過了一年多仍然未能決定誰的功勞最大。

　　有一日，劉邦再提封賞之事。他認為蕭何功勞最大，封蕭何為

鄸侯，還給他很多食邑。功臣大為不服，抱怨道：「我們身披盔甲，手執兵器，在前方戰場出生入死，多者身經百餘戰，少說也經歷過數十場戰鬥。我們出生入死，攻破敵人城池，奪取敵人土地，或大或小，屢立戰功。反觀蕭何，他從未立過汗馬功勞，只不過在後方舞文弄墨，提一下意

見，從未上過戰場，現在卻位居我們之上，這是什麼道理？」

劉邦沒有直接回答，只問大家：「各位懂得打獵嗎？」大臣們回答：「懂得。」劉邦又問：「那麼，大家知道獵狗的作用嗎？」功臣答道：「當然知道。」劉邦說：「打獵的時候，追趕野獸兔子的是獵狗，但能夠發現獵物蹤跡，指示獵狗到哪裏追捕野獸的是獵人。現在你們奔走追獵野獸，不過是捕獲野獸而立功的獵狗。」眾大臣一時間沉默下來。

劉邦續說：「至於蕭何，他根據敵人的形勢，調兵遣將，是有功的獵人。何況你們都只是個人追隨我，最多也不過帶同幾個親屬，但蕭何全部宗族幾十個人都跟隨我，絕對不可以忘掉他的功勞啊！」功臣們聽了，也就不敢再說什麼了。

釋義	論功行封──根據功跡大小而作出封賞。
例句	比賽贏了，教練論功行封，在隊內表揚了表現突出的隊員。
故事出處	《史記・蕭相國世家》
近義詞	論功行賞
反義詞	賞罰不明

高鳥盡良弓藏

劉邦稱帝，封韓信為楚王。不久，項羽的舊部下鍾離昧到楚國投靠韓信。劉邦聽說此事後，下令韓信追捕，但韓信沒有理會，惹來劉邦不滿。韓信在楚國巡視各邑縣時，都帶着侍衛跟隨左右，以壯聲威，劉邦更感不悅。

翌年，天下大定，劉邦開始逐步消滅異姓諸侯。有人告發韓信欲謀反，陳平向劉邦獻計：「陛下可假裝南巡雲夢澤^①，要在陳州^②會見諸侯。陳州在楚國附近，韓信當然會來謁見，到時只需一個武士，就可以把韓信拿下。」劉邦聽從陳平建議，派使臣通知各諸侯。

注釋
① 雲夢澤：又稱雲夢大澤，位於湖北省荊州地區。
② 陳州：古代設置的一個州，治所在今河南省周口市淮陽區。

劉邦將到達楚國時，韓信想朝見天子，但又怕被抓。有人提議韓信殺了鍾離眛來討好皇帝。韓信與鍾離眛商量，鍾離眛說：「劉邦不敢進攻楚國，是因為我在你這裏，你想抓我取悅漢王，我今天死了，你也馬上會喪命的。」韓信不聽。鍾離眛破口大罵韓信沒有道義後便刎頸自殺。韓信拿着鍾離眛的人頭到陳縣拜見劉邦。劉邦立即命令侍衞拿下韓信，把韓信綁得結結實實，押在隨行隊伍的車上。韓信說：「果如人們所說『狡兔死，良狗烹；高鳥盡，良弓藏；敵國破，謀臣亡。』現在天下已經安定，我也應當被殺了！」劉邦說：「有人告發你密謀造反。」就給韓信戴上刑具，押往洛陽後，貶韓信為淮陰侯，留居京城，令他無可作為。

釋義	高鳥盡良弓藏──把飛鳥射盡了，就把弓箭藏起來。比喻功成事定之後，有功的人再無利用價值，就沒有好下場。
例句	他剛升職就將當日和他一起打拼的同事辭掉，果然是高鳥盡良弓藏。
故事出處	《史記・淮陰侯列傳》
近義詞	鳥盡弓藏、兔死狗烹
反義詞	知恩圖報

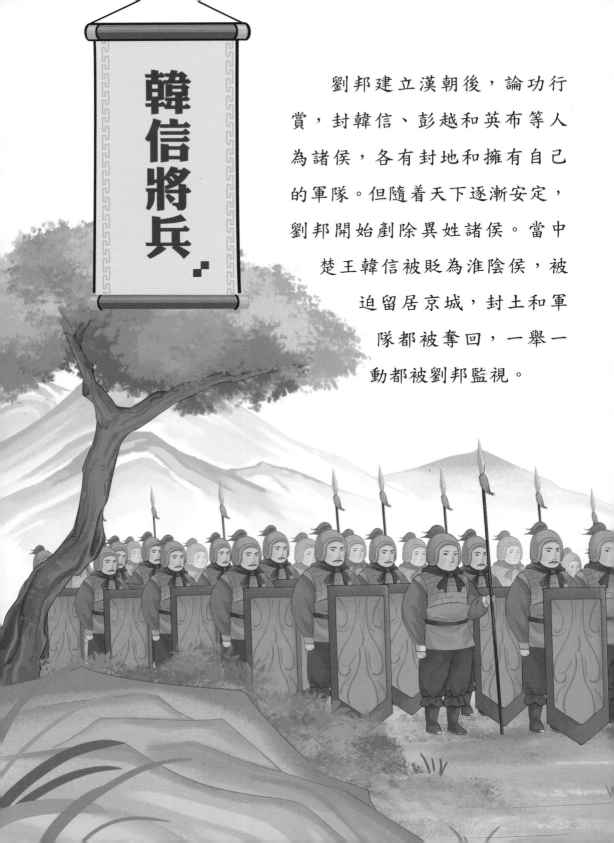

韓信將兵

劉邦建立漢朝後，論功行賞，封韓信、彭越和英布等人為諸侯，各有封地和擁有自己的軍隊。但隨着天下逐漸安定，劉邦開始剷除異姓諸侯。當中楚王韓信被貶為淮陰侯，被迫留居京城，封土和軍隊都被奪回，一舉一動都被劉邦監視。

韓信知道劉邦畏懼
和妒忌他的才能，常藉
詞染病而不上朝，也不隨
侍皇帝左右。韓信終日自怨
自艾，在家裏鬱鬱不歡，又
常因為與絳侯（周勃）、灌嬰
等人處於同等地位而感到羞恥。

有一日，他探訪將軍樊噲，樊
噲以臣子之禮，跪着迎接，稱自己為

臣子，向韓信道：「大王竟然大駕光臨。」韓信別過樊噲，出門後苦笑着說：「我這輩子竟然要與樊噲這樣的人位列同一等級。」

有一次，劉邦與韓信閒聊，討論各將領的才能，認為他們各有長短。劉邦問韓信：「像我這樣的人能帶多少兵？」韓信答道：「陛下只能率領十萬軍隊。」劉邦再問：「那你呢？」韓信答：「我是韓信將兵，多多益善。」劉邦笑着說：「你越多越好，那為什麼你還是被我擒獲呢？」韓信回應：「陛下不善於帶兵，卻善於任用將領，這就是我被陛下俘擄的原因。何況陛下是上天所賜，並非凡人可以做到的。」

韓信雖然身在天子腳下，但始終對劉邦心懷怨懟，於是與陳稀密謀造反，結果被呂后和蕭何合謀殺死。

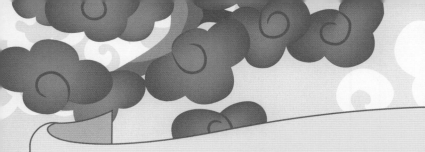

| 釋義 | 韓信將兵，多多益善——形容越多越好。多用於對事物需量大，質量不受限制。 |

| 例句 | 今次的清潔沙灘活動，我們需要招募大量義工，可說是韓信將兵，多多益善。 |

| 故事出處 | 《史記·淮陰侯列傳》 |

| 近義詞 | 多多益善 |

| 反義詞 | 寧缺無濫 |

四海為家

漢高祖建立漢朝之初，定都洛陽。不久，齊國人婁敬求見劉邦，並建議劉邦遷都關中。

當時由於大部分大臣都是關東地區的人，大都勸劉邦留在洛陽。他們認為洛陽位處「天下之中」，方便四面八方的物資供

給。但張良同意婁敬的意見，張良說：「關中幅員廣闊，物產豐富，而且關中只有一面受制於諸侯，如果有變，朝廷軍隊只要順流而下就可破敵。」劉邦聽後，便下令定都關中。

興建長安都城初期，是以秦朝的興樂宮為基礎，修建長樂宮作為皇宮。公元 200 年，長樂宮建成，劉邦從洛陽遷都長安。翌年，朝廷計劃興建宮殿，當時劉邦率軍征討東垣，追

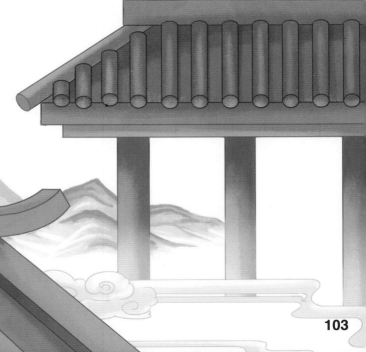

擊韓王信的殘餘勢力，便由丞相蕭何主持興建未央宮。未央宮建有東闕、北闕、前殿、武庫、太倉。高祖返長安後看到宮殿建造得富麗堂皇，非常不高興。他責怪蕭何：「天下紛亂，連年戰爭，成敗難料，為什麼修造這樣豪華的宮殿呢？」蕭何回答道：「正因為天下仍未安定，才要利用這時機興建宮殿。再說，天子以四海為家，普天之下，都屬於陛下，宮殿不壯麗，如何能彰顯天子威嚴呢！而且，現在就將宮殿修建得富麗宏偉，子孫後代就不用再擴建了。」高祖聽後覺得有理，也就轉怒為喜。

　　隨着漢高祖剷除異姓王，建都長安，正式開啟了史稱的西漢時期。

| 釋義 | 四海為家——古代以四海比喻四方，即指全國各處。形容帝業宏大，富有四海，天下一家。後來形容志向偉大或比喻居無定所。 |

| 例句 | 父親退休後就四處旅遊，遇上喜歡的地方就留下來居住一段時間，猶如四海為家。 |

| 故事出處 | 《史記・高祖本紀》 |

| 近義詞 | 天下為家、浪跡天涯 |

| 反義詞 | 安土重遷、安居樂業 |

主要人物介紹

嬴政 （公元前 259 — 前 210 年），戰國末期秦莊襄王兒子，13 歲登位，39 歲消滅六國，建立秦朝，自稱「始皇帝」，是中國第一位使用「皇帝」稱號的人。50 歲出巡時駕崩。

秦始皇統一天下後，實行中央集權和郡縣制度，代替分封諸侯；統一貨幣、度量衡及典章法制；修築長城、靈渠、阿房宮、驪山陵等。他織治之下嚴刑峻法，焚書坑儒、窮奢極侈、苛捐雜稅極重。他駕崩後，秦朝迅速滅亡。

陳勝 （? — 公元前 208 年），字涉。秦朝末年農民起義領袖之一。秦二世元年，他被徵召往漁陽服兵役，途中遇雨未能依時抵達，依法當要處死。他與吳廣決定起義，帶領 900 名戍卒一起抗秦。義軍迅速增至數萬人。後被擁立為王。陳勝起義到被殺雖然只有六個月，不過他的起義激發各地百姓和昔日六國殘餘勢力紛紛起義反秦。

吳廣 （? — 公元前 208 年），字叔，陽夏人。與陳勝一同帶領農民起義抗秦。吳廣率兵圍攻滎陽，久攻不下，被部將田臧假稱陳勝之名殺害。

項梁 （? — 公元前 208 年），戰國時楚國下相（今江蘇宿遷）人。楚國貴族項氏的後裔，西楚霸王項羽的叔父。陳勝、吳廣起義後，項梁與項羽在會稽起義，並擁立楚懷王孫熊心為王，以爭取楚地民心。項梁於定陶一役中被秦將章邯擊敗，戰死。

項羽 （公元前 232 —前 202 年），又名項籍，戰國時楚國下相人。楚國名將項燕孫兒。秦末，跟隨叔父項梁起義反秦。擁立楚懷王孫熊心為王。公元前 207 年，在鉅鹿之戰中，只有 25 歲的項羽以五萬大軍大破四十萬秦軍，決定了秦朝滅亡之勢。後處斬投降的秦王子嬰，秦亡，項羽自封為西楚霸王，分封諸侯時封劉邦為漢中王。翌年，劉邦從漢中出兵進攻項羽，展開了歷時四年的楚漢相爭。公元前 202 年，項羽於垓下戰敗，在烏江自刎而死。

范增（公元前 277 － 前 204 年），居巢（今安徽巢湖市）人。項羽重要謀士，項羽尊他為「亞父」。曾勸項梁立楚懷王後裔為王，以爭取楚國百姓支持。公元前 206 年，項羽入關中，范增勸項羽消滅劉邦，以除後患。並在鴻門宴上令項莊舞劍，欲刺殺劉邦。可惜項伯干擾，項羽優柔寡斷，放走了劉邦。後來，項羽中了劉邦謀士陳平的離間計，范增大怒，告老還鄉，途中因背疽發作而死。

熊心（？ － 公元前 206 年），楚懷王孫。秦滅楚國後，熊心隱居於鄉間，牧羊為生。項梁、項羽擁他為楚王。秦亡後，項羽尊他為義帝，把他流放到長沙。途中，項羽暗中派英布等人把他殺害。

劉邦（公元前 256 或 247 － 前 196 年），字季，戰國時楚國沛縣（今江蘇徐州豐縣）人。在楚漢戰爭中擊敗西楚霸王項羽，建立漢朝，統一天下。是中國歷史上第一位平民出身的皇帝。駕崩後被尊為漢高皇帝、漢高祖。

蕭何（？ － 公元前 193 年），戰國時楚國沛縣人。漢朝開國功臣，也是漢朝第一位丞相。漢初三傑之一。蕭何自沛縣起就輔助劉邦起義。與楚國相爭，他調兵遣將，在後方提供支援，補給士兵軍需。劉邦論功行賞時封蕭何為第一功臣。漢高祖駕崩後，他繼續輔助惠帝。惠帝二年，蕭何去世。

韓信（？ － 公元前 196 年），戰國時楚國淮陰縣（今江蘇淮安市淮安區）人。漢朝開國功臣，與蕭何、張良助劉邦消滅項羽，合稱為漢初三傑。可是韓信功高震主，建漢後，劉邦逐一剷除異姓王，貶韓信為淮陰侯，最後更遭呂后、蕭何合計處死於長樂宮內。

張良（公元前 250 或以前 － 前 186 年），字子房。戰國時韓國穎川城父縣（今河南郟縣）人。劉邦重要謀臣，是漢朝開國元勳之一，與蕭何、韓信同為漢初三傑。張良不戀權位，功成身退。

陳平（？ － 公元前 178 年），戰國時魏國陽武人。漢高祖劉邦的重要謀臣。

他利用反間計令項羽懷疑鍾離昧；施用離間計令項羽懷疑范增，迫使范增告老還鄉。又獻計助劉邦將韓信拿下。漢高祖駕崩，呂后專權，陳平和周勃等表面聽從呂后，暗中保護劉氏宗室。呂后去世，兩人迎立代王劉恆為文帝。翌年，陳平去世。

樊噲（？－ 公元前 189 年），戰國時楚國沛縣人。自沛縣就跟隨劉邦起義，漢朝開國功臣之一。劉邦夫人呂后的妹夫。鴻門宴時營救劉邦。

曹參（？－ 公元前 190 年），字敬伯，戰國時楚國沛縣人。自沛縣就跟隨劉邦起義，屢立戰功。劉邦建漢後論功行賞，他僅次於蕭何。蕭何死後，曹參繼任丞相。他依循蕭何所定的制度施政「蕭規曹隨，休養生息」開文景之治的盛世。

英布（？－ 公元前 195 年），戰國時楚國九江郡六縣（今安徽六安）人。因曾犯秦律受黥刑，又稱黥布。初隨項梁、項羽。後投奔劉邦，與韓信、彭越並稱漢初三大名將。劉邦建漢後封淮南王。後劉邦剷除異姓王，英布起兵叛漢，兵敗被殺。

秦漢成語有故事

策　　劃：小白楊出版社有限公司
作　　者：蔡嘉亮
編輯成員：劉集民
插　　圖：游菜籽
責任編輯：張斐然
美術設計：郭中文
出　　版：新雅文化事業有限公司
　　　　　香港英皇道 499 號北角工業大廈 18 樓
　　　　　電話：(852) 2138 7998
　　　　　傳真：(852) 2597 4003
　　　　　網址：http://www.sunya.com.hk
　　　　　電郵：marketing@sunya.com.hk
發　　行：香港聯合書刊物流有限公司
　　　　　香港荃灣德士古道 220-248 號荃灣工業中心 16 樓
　　　　　電話：(852) 2150 2100
　　　　　傳真：(852) 2407 3062
　　　　　電郵：info@suplogistics.com.hk
印　　刷：中華商務彩色印刷有限公司
　　　　　香港新界大埔汀麗路 36 號
版　　次：二〇二四年七月初版

ISBN: 978-962-08-8397-2
© 2024 Sun Ya Publications (HK) Ltd.
18/F, North Point Industrial Building, 499 King's Road, Hong Kong
Published in Hong Kong SAR, China
Printed in China